청어詩人選 436

조인순 시집

가슴속에
비가 내리면

청어

가슴속에 비가 내리면

조인순 지음

발행처   도서출판 청어
발행인   이영철
영업   이동호
홍보   천성래
기획   남기환
편집   이설빈
디자인   이수빈 | 김영은
제작이사 공병한
인쇄   두리터

등록   1999년 5월 3일
         (제321-3210000251001999000063호)

1판 1쇄 발행 2024년 3월 30일

주소   서울특별시 서초구 남부순환로 364길 8-15 동일빌딩 2층
대표전화 02-586-0477
팩시밀리 0303-0942-0478
홈페이지 www.chungeobook.com
E-mail   ppi20@hanmail.net

ISBN   979-11-6855-237-1 (03810)

시인의 말

세상에 질문을 던지기 위해 작가가 되었습니다. 세상은 왜 불공평하고, 세상은 왜 약자에게 더욱 가혹한가, 신은 있기는 하는 것인지, 질문을 던지며 채워도 채워도 채워지지 않는 그리움 때문에 항상 길을 떠납니다. 길 위에서 만나는 바람과 구름, 비, 그리고 세상의 모든 사물에게 질문을 던지며 근원적 슬픔과 그리움에 대한 길을 찾아가는 중입니다.

하늘이 예쁘게 활짝 웃는 날
선재길에서 루아(婁雅) 조인순(趙麟筍)

차례

둘. 가슴속에 비가 내리면

셋. 매화꽃이 피던 날

넷. 사랑이 그리우면

다섯. 거리엔 비가 내리고

여섯. 그리움의 벌   일곱. 돌덩이

하나

술도 익고 달도 익고

삶의 감옥

음식물 쓰레기통을 뒤지다
인기척에 놀라
후다닥 달아나는 어린아이
아이의 뒷모습을 멍하니 바라봤다
부모의 돌봄을 받지 못하고
거리를 배회한 지 오래돼 보인다
어느 이의 자녀일까
나약한 어린 생명이
삶의 감옥에 갇혀 몸부림친다
잔잔했던 심연은
거세게 풍랑이 일어나 어지럽다
굶주림은 죽음보다 더 고통스러워
먹지 않으면 안 된다
잉여 식량이 넘쳐나는 세상에서
분배는 이루어지지 않고
우리들은 무엇을 놓치고 사는 걸까
아이가 사라진 골목길엔
추적추적 비가 내린다

술도 익고 달도 익고

잘 익은 황매에
담금 전용 소주를 부어
그늘진 곳에 항아리를 두고
까맣게 잊어버렸지
언젠가부터 집안 전체를
술독에 담가놓은 것처럼
달달하고 상큼한 향기가
집안 가득 흐르고 있었지
매실주가 어둠 속에 숨어서
혼자
익어가고 있다는 것을 그때 알았지
수줍음을 많이 타는 술은
자신이 변해가는 모습을
남에게 보여주지 않지만
농익으면 거부할 수 없는
은은한 향으로 말을 걸어왔지
술도 익고 달도 익는 밤
그윽한 황매 주 향에 젖어
심연도 달달한 향기로 채워졌지

노동의 굴레

리어카에 파지를 가득 싣고
끌고 가는 아저씨
오르막을 오르다 힘에 부쳐
리어카에 매달려 버둥댄다

자신의 몸보다 몇 배나 큰 짐
위태로운 몇 초의 시간이 지나고
힘겨루기에 패배한 아저씨
길가에 주저앉아 깊은 한숨을 토해낸다

아리고도 질긴 한숨이
허공에 박히기도 전에
후들거리는 다리로 간신히 일어나
다시 리어카를 끄는 아저씨

산다는 것은 고뇌의 연속
노동의 굴레를 벗어날 수 없구나

슬픔이 얼굴을 내밀면

그랬구나
너는 그 일을 잊은 게 아니었구나
너는 살아남기 위해
애절하게 온몸으로 저항하고 있었구나

나는 네가 스스로
어둠 속을 걸어 나와
빛 속에 살기를 원하는 줄 알았는데
그게 아니었구나

날마다 음악에 맞춰 춤을 춰서
그 일을 까맣게 잊은 줄 알았는데
슬픔이 불쑥불쑥 얼굴을 내밀까 봐 그랬구나

너의 가냘픈 춤사위는
슬픔을 잊기 위한 처절한 몸부림이었다는 것을
나는 왜 알지 못했을까

고요

고요가 밤의 강을 건너갈 때
나에게로 걸어가
영혼의 등불로 그대를 소환해 봅니다

밤하늘의 별들이
은하수 강가에서 얼굴을 씻는 동안
어둠은 문밖에서 나를 응시합니다

나뭇잎에 누워 잠든 미풍이
잠꼬대로 뒤척이는 밤
고요는 깊은 어둠 속으로 걸어갑니다

팔십 리 길

자전거를 타고 씽씽 달려오는 한 무리가
헬멧을 벗고 의자에 앉아 휴식을 취한다

언니들, 인생길 어디까지 가보셨나요?
팔십 리 길을 막 지나왔다오
나는 팔십 리 길이 바로 고지라오
나도 그렇다오

그동안 쉼 없이 달려왔는데
지금도 여전히 달리고 계시군요
아, 그때는 걸었지
지금은 다리가 아파서 못 걸어
그래서 자전거를 타고 달리는 것이라오

풍랑

어느 날 겨울바다가 보고 싶어
차를 몰아 동해바다로 달려갔지
망망대해
일망무제
쪽빛보다 더 아름다운 바다는
끝이 보이지 않았지
바다야, 안녕 잘 있었니
대답 대신 철썩철썩
절벽에 서 있는 바위를
깎고 또 깎아 조각을 하고 있었지

인생의 바다에 몰아친 풍랑
송곳처럼
뾰족하게 튀어나온 상처가
유난히 아픈 하루였지
산다는 것이 왜 이렇게 힘든 거냐고
바다에게 묻고 또 물었지
시리도록 푸른 바다는 그저 말없이
그리움과 외로움을 만지작거리며
철썩철썩 바닷가 모래를
씻고 또 씻어 백옥을 빚고 있었지

쭉정이

가을을 키질하는
아낙
쭉정이는 날아가고
튼실한 알곡만 남았다

사랑하는 가족들을
하나둘 앞서 보내고
남아있는 나는
쭉정이일까 알곡일까

그 무엇으로도
채워지지 않은 빈 가슴
결국 나는
알곡이 아니고 쭉정이였구나

대장간에서

망치야,
제발
그만 좀 때려
아프단 말이야
나는
아무것도 되고 싶지가 않아
나는 그냥 나이고 싶어

쇠의 질문

망치야,
내가 너에게
얼마나 더 두들겨 맞아야
다시
태어날 수가 있는 거니?

대못 하나

액자를 걸기 위해
작은 못 하나를 가져다
벽에 대고
있는 힘껏 못을 박았다
쇠붙이를 거부하는 벽은
물리적인 힘에 의해
단단히 박히는 못

나는 벽 말고
다른 누군가의 가슴에
못 박는 일은 없었는지
되짚어 보니
아버지의 가슴에
이보다 더 큰
대못 하나를 박았더군

오동도의 봄

어스름한 안개가
실루엣처럼 펼쳐진 새벽녘
여수 오동도로 봄을 만나러 갔지
그리운 님이
기다리는 것도 아닌데
두근거림과 설렘에 가슴이 뛰더군
오동도의 봄 바다는
진주처럼 반짝이고
실크처럼 부드러워
눈이 멀 것 같아 황홀함 그 자체였고
하루 종일 굶어도 배가 고프지 않았지
추운 겨울을 견디고
붉게 피어난 동백꽃
향기는 없지만
봄을 만나러 온 이유는 충분했지

보석

너, 많이 힘들고 아프구나
토닥토닥
힘들면 울어도 돼
우는 것은 부끄러운 일이 아니야
눈물은 가슴속에
감정들이 응고된 아름다운 결정체거든
슬픔도 고통도 모두
지나고 나면
세상에서 가장 아름다운 보석이 된단다
너는 다른 사람들보다
더 많은 보석을 가졌다고 생각해
그 보석들은
오직 너만이 빛을 수 있지
인생의 굴곡에 따라 새겨지는 무늬
그 어느 보석들보다
가장 값지고 아름다운 보석이 될 거야

봄날의 하루

햇볕이 적당히 따뜻한 봄날
어린아이들은
운동장에서 공놀이를 하고
학생들은 농구장에서 농구를 한다

할머니들은 삼삼오오 모여 수다를 떨고
할아버지들은 작은 섬들처럼 혼자
벤치를 차지하고 앉아
귀동냥을 하며 시간을 보낸다

섬이 되고 싶지 않은 어느 할아버지
작은 종이에 깨알 같은 한문을 쓰다가
지루한지
하모니카를 꺼내 멋들어지게 연주한다

음악소리에 주위에 사람들이 모여들어
할아버지는 더 이상 섬이 아니다
봄바람은 솜사탕처럼 달콤하게 불어와
더없이 따뜻하고 포근한 봄날의 하루다

늙은 농부

여름은 깊어 가고
쉴 새 없이 퍼붓던 장마가 잠시 쉬는 동안
강렬한 햇살이 닫혔던 구름문을 활짝 연다

논에는 벼들의 숨소리 들리고
먹이를 먹던 백로가
인기척에 놀라 하늘로 날아오른다

논가 옆에 붙어 있는 작은 밭
옥수수와 호박이 익어가고
밭고랑엔 고구마와 고추가 커간다

하얀 고추꽃에 나비가 앉아 꿀을 따고
개구리 맹꽁이 울음소리 들리는 논에
허리 굽은 늙은 농부는 뙤약볕에 김을 맨다

이별

심장마저 얼려버리는 냉기
혹한이 한 걸음 한 걸음
무겁게 겨울을 지고 가는 날
나는
또 한 번의 이별을 했다
살아가는 날은 이별의 연속
앞으로
몇 번의 이별을 더 해야만
아프지 않고
슬프지 않고
울지도 않고
쓸쓸하지도 않은
행복한 이별을 할 수 있을까
바람은 문밖에서 떨고 있는데
겹겹이 쌓인 눈 속으로
이별은 주저 없이 잘도 간다

작은 연못

절집 마당 한편에 작은 연못
산새가 날아와 목을 축이고
산과 구름도 들어가 낮잠을 잔다

낮이면 태양을 품고
밤이면 달을 품는 연못
집은 작아도 대가족이 산다

물방개가 헤엄쳐가고 장구벌레도 기어간다
소금쟁이가 물 위에서 걷기 연습을 할 때
청개구리는 고개를 내밀고 일광욕 중이다

물잠자리는 연잎에 앉아 더위를 식히고
꿀벌은
노란 수련꽃에 반해 열애 중이다

지나가던 산바람이
연못 수면을 가볍게 흔드니
독특한 수련꽃 향이 은은하게 퍼진다

둘

가슴속에 비가 내리면

새벽의 오솔길

하얀 운무로 덮인
새벽의 오솔길을 걷습니다
아직 잠에서 깨어나지 못한
숲은 적막이 머물러 있고
가끔씩
미풍이 나비의 날개처럼 움직입니다

산객의 발걸음소리에
숲이 눈을 비비며 깨어나기 시작합니다
나뭇가지에 앉아 잠을 자던
산새들이 놀라 날아오르고
여치가 연주를 시작하자
매미들이 이중창으로 노래를 합니다

새벽의 오솔길에 서서
걸음을 멈추고 눈을 감았습니다
풀숲에서 잠을 자던 달개비꽃이
이슬로 세수를 하는 동안
촉촉하고 부드러운 운무는
나의 입술을 탐하며 사랑의 키스를 퍼부어댑니다

지우개

바람도 들어왔다가
길을 잃고 서 있고
시간도 멈춰버린 곳
다닥다닥 붙은 집에
이웃들의 숨소리 들으며
춥고 배고픈 가난한 이웃들이
온기를 나누며 모여 살았지

골목마다 왁자지껄
아이들 웃음소리 들리고
두레의 정을 나누던 골목에
새로운 바람이 불어와
지우개로 지우듯
한순간에 모두를 지워버리고
차갑고 견고한 빌딩 숲을 세웠지

과한 사랑

산속에 살지만
자본주의의 상징물인
소나무
사람들의 과한 사랑이
부담스러워
아무리
깊은 산속에 숨어 살아도
벌목꾼의 눈을 피하지 못하고
바람소리 물소리 들리는
고향을 떠나
매연연기 가득한
도시의 빌딩 숲을
지키는 신세가 되었다

살아갈 수가 없어

나는 가끔씩 사람들을 만나면
행복하냐고 물었다
어느 이는 즉답을 피했고
또 어느 이는 씩 웃었다
그런데
어느 식자는 행복하다고 말했다
진짜냐고 물으니
행복한 척하는 거라고
왜 그래야만 하느냐고
또 물으니
그러지 않으면 살아갈 수가 없다고

벼의 순환

따스한 봄이 오면 농부는
메마른 땅을 갈아엎고 논에 물을 댄다
고랑을 타고 힘차게
흐르는 물줄기는 많은 생명들이 동행한다
푸석한 논은 물기를 머금고
새로운 생명들을 키워낼 준비를 한다
농부는 뭉친 흙을 써레질로 부드럽게 한 다음
논에 거름을 듬뿍 뿌리고
밥의 근원인 튼실한 볍씨를 골라 못자리를 한다
겨울이면 사막 같던 논에
볍씨가 발아해 파란 융단 같은 모가 자란다
못자리 모를 논으로 옮겨 심고
모내기를 끝낸 논은
새로운 생명들이 모여들어 거대한 우주가 된다
바람이 불면 벼는 푸른 파도처럼 일렁인다
농부의 단내 나는 땀과 노고를 먹고 자라는 벼
논에는 벼만 자라는 것이 아니다
비와 바람과 햇빛을 받으며
많은 생명들이 경쟁하며 함께 자란다
가을이 되면 벼는 자신의 할 일을 마치고
누렇게 익어 다시 근원인 볍씨로 돌아간다

잘려나간 벼는 탈곡하고 도정하여
여러 경로를 통해 우리들의 밥상에 오른다
벼는 이렇게 수세기 동안
순환을 반복하며 민초들의 허기진 배를 채워왔다

벼꽃

중복이 지난 팔월 초
삼복더위가 한창이다
들녘엔 고추잠자리가 날고
매미 떼도 목청을 높인다
개구리 울음소리 들리는
녹색의 들녘에
논에는 벼들이 출수를 끝내고
하얀 벼꽃을 피우기 시작했다
우렁이가 느리게 기어가고
메뚜기는 벼 잎에 앉아 있다
중천에서 태양이
세상 구석구석을 둘러보는 시간
그 누구도
태양의 시선을 피해 가지 못한다
논에서 잡초를 뽑던 농부는
땡볕을 피해 집으로 돌아가고
분주하게 거리를 오가던
개미들도 움직임을 멈췄다
오직 벼만이
밥풀 같은 하얀 꽃을 살포시 피운다

추정리 메밀꽃

가을비가 내리는 날
이른 새벽을 열고
추정리 메밀꽃을 보러 갔지

구불구불 산길을 돌아
도착한 메밀꽃밭
새하얀 메밀꽃이 산허리를 휘감고 있었지

간밤에 내린 비로
메밀꽃밭 전체가 연무로 뒤덮여
면사포를 쓴 신부처럼 몽환적이더군

척박한 땅에서도 잘 자라
솜뭉치 같은 꽃을 피우는 메밀꽃
향기는 역해도 벌들은 개의치 않더군

으악새

서늘한 갈바람이 부는 날
황매산 억새꽃을 만나러 갔지
바람꽃이기도 한
하얀 억새꽃이 만개해 장관이더군

가끔씩 스산한 가을바람이
산허리를 때리고 지나갈 때마다
억새는
서로의 몸을 비벼대며 비명을 질렀지

으악, 으악
억새밭에 으악새는
올가을도 여전히 슬피 울고 있더군
으악, 으악

거만해지기

늦가을에 찾은 인제 자작나무 숲
아직 눈은 내리지 않았는데
산 전체가 은빛세계다

나뭇가지에 매달려 있는
몇 안 되는 노란 단풍잎
땅보다 하늘을 더 사랑한 것일까

숲속의 귀족답게
시원하게 뻗은 자작나무
자작나무를 만나기 위해
겸손은 잠시 집에 두고 왔다

고개를 빳빳이 쳐들고
자작나무를 올려다보자니
목이 아파 다시 숙여지는 고개
거만해지기도 쉽지가 않구나

버릇

따뜻한 마음을 가진 사람은
꽃을 사랑해
꽃처럼 웃고 꽃처럼 말하고
꽃처럼 사랑하며 꽃처럼 살고 싶었다
꽃이 너무 그리워서
겨울에 밖에서 떨고 있는
진달래 개나리 벚꽃 가지를 꺾어다
화병에 물을 담아 꽂아 놓았다
방 안의 따뜻한 온기와
그의 온기에 꽃들이 하나둘 피어나고
피어난 꽃을 보고 꽃처럼 웃던 사람은
봄꽃이 만개하는 가장 좋은 날을 잡아
꽃길을 따라 걷다가
꽃길 속으로 영원히 걸어가 버렸다
봄마다 피어난 봄꽃들 속에
그가 걸어간 꽃길을 따라
다시 되돌아오지나 않을까 하는 기대감에
봄꽃이 피면
꽃들을 유심히 살펴보는 버릇이 생겼다

가슴속에 비가 내리면

기억이라는 텃밭에
추억이라는 나무가 자란다
나는 가끔씩
가슴속에 비가 내리면
막걸리 한 병을 사 들고
추억이라는 나무를 찾아간다
바쁘다고 먼저 떠난 가족들을 만나
속세의 너절한 이야기는 접어 두고
막걸릿잔을 부딪치며
주거니 받거니 하다가
그곳의 안부를 묻는다
살기는 괜찮으냐고…
견딜만하느냐고…

매장된 슬픔

그랬구나
너는 항상 거기에 있었구나

눈 속에 매화가 피어날 때도
복사꽃이 바람에 날릴 때도

꽃비가 내릴 때도
함박웃음을 지을 때도

가슴 한쪽이 서늘하게 아려오는 이유가
네가 거기 있기 때문이었구나

나는 왜 가슴 한편에
슬픔을 매장해 놓고 잊고 있었을까

늙은 벚나무 이야기

언덕길을 지키던 늙은 벚나무
오랜 세월 탐스러운 벚꽃을 피워
사람들의 사랑을 한 몸에 받았지
언제부터인가 벚나무는 병이 들어
예전처럼 탐스럽고 고운 꽃을 피우지 못했어
나무에는 애벌레가 우글우글했고
사람들은 그곳을 지나다니며
감탄사 대신 비명을 질렀어
징그럽다고
늙은 벚나무는 슬펐지
죽음을 감지하고 떠날 준비를 했어
늙고 병든 벚나무가 마지막으로 하는 일은
한 번에 많은 꽃을 피워
버찌인 열매를 많이 열리게 하는 거였어
자손을 남기고 갈 수 있는 마지막 기회였거든
그렇게 마지막 날을 장식하던 날
늙고 병든 벚나무는 베어졌어

무덤으로 변한 집

무덤으로 변한 집에
움직임도 멈추고
몇 날 며칠 소파에 처박혀 있었지
이대로 집이 무덤이 된다 해도
아무런 미련도 없는 세상이었어
길거리보다는 그래도 집이
죽기에는 괜찮다고 생각하던 날
현관문 두드리는 소리가 났지
아무리 두드려도 인기척이 없자
수군대는 소리가 가물가물 들렸어
이 집주인은 한 달 가까이 보이지도 않고
밤에 불도 켜지도 않고 물소리도 안 난다고
현관문 앞에서 떠드는 소리가
문틈 사이로 기어들어와 귀에 박혔지
사람들의 발걸음소리가 멀어져가고
관리실에서 생존확인 문자가 왔어
그때 알았지
무덤으로 변한 집이
무덤이 되기를 거부하고 있다는 것을

천화(遷化)

그랬으면 좋겠어
사랑하는 사람과 함께라면
일간 초옥이라도 괜찮을 것 같아
마주 보고 있어도 보고 싶어
눈물이 날 것 같고
서로의 이야기에 귀 기울이며
별것도 아닌 것에
배를 잡고 깔깔대고 웃으며
푸성귀 성찬에도 미소 짓고
다래와 머루 따먹으며
볕이 잘 드는 날에는
양지 녘에 앉아 이[蝨]나 잡고 살다가
둘이서 이승의 생이 다하면
집과 함께 전소되어
천화(遷化)가 되어도 좋겠어

치자 향이 나는 사람

자연을 사랑한 그는
자연 속에 살고자
세상의 모든 번뇌를 심연에 가두고
자연 속으로 걸어가 버렸다지
산비탈에 둥지를 틀고
배고프면 푸성귀 뜯어다
된장국 끓여 성찬을 즐기며
소쩍새 우는 밤이면
영혼에 흐르는 샘물로
시를 쓰며 살고 있다지
부실한 집이지만 햇빛만큼은 충분했기에
매화와 산수유 치자나무에게
자리를 내어 주고
앞마당 작은 정원엔
꽃들에게 터를 잡고 살게 했지
어느덧 그은 자연의 일부가 되어
그가 자연인지 자연이 그인지
달콤하고 진한 지차 향이 나는 그는
치자꽃처럼 환하게 웃고
매화꽃처럼 차갑고 따뜻하더군

셋

매화꽃이 피던 날

찬비

그대가 없어도 여전히
봄은 오고 꽃은 피고

아직도 내 가슴속엔
찬비가 내리는데

봄은 왜 오고 지랄인지
꽃은 왜 피고 지랄인지

에이
곡주나 마셔야겠다

낙화 이야기

밖은 하얀 눈발이 날리는데
베란다에는 봄이 오고 있었어
풍란이 하얀 꽃을 피웠거든
향이 어찌나 진한지 황홀했지
그러는 동안 밖에도 봄이 왔어
밖의 꽃들을 찾아다니는 동안
집안의 풍란은 혼자서 쓸쓸히 시들어 갔지
어느 날 보니
낙화한 꽃잎이 베란다에 가득했어
썩어서 냄새까지 났지
힘들게 피어난 것을 알기에
참아 그 꽃잎들을 버릴 수가 없어
인생의 황금기처럼
찬란하게 피었다 진한 향기를 남기고
소리 없이 낙화하는 풍란
우리 내 인생도 언젠가는
풍란처럼 소리 없이 낙화하여 썩어가겠지
그래서
떨어진 꽃잎이 썩어 냄새가 나도
쉽게 쓸어버릴 수가 없었나 봐

그대에게

그대를 그리워하는 날들이
덧없이 흘러가고 있습니다
봄밤에 스치는 바람에도
따스한 햇살에도
그대의 모습이 보입니다

서릿발처럼 차갑게
외면하던 그 모습에
홍매의 꽃잎이 속절없이 지던 날
차마 비명마저도 지를 수 없게
마비된 영혼은 비애의 늪에 빠졌습니다

바라건대 부디
그대의 따뜻한 가슴을
내게 내어 줄 수는 없는지요
봄날의 싱그러움을 밟고
그대에게 가고 싶습니다

그 남자의 향기

인터넷이 안 돼 기사를 불렀다
현관문을 열자
확, 들이닥치는 역한 향기
입을 틀어막아도
독한 향기는 빠르게
폐 속까지 침투해
구토와 어지러움을 동반한다
무슨 향수가 이리도 독할까
지독한 향기는
집 안 구석구석에 스며들어
문을 열어놓아도 쉽게 사라지지 않았다
구역질은 쉽게 멈추지 않고
기억하고 싶지 않은
그 남자의 향기는
그가 떠난 다음에도
오래도록 나의 폐를 괴롭혔다

백양사 매화나무

삼백 년을 사신 어르신
그 많은 세월을 어찌 견디고 사셨어요
긴 세월 동안 외롭지는 않았나요
밤이면 캄캄한 절집 마당에
홀로 서 있어 무섭지는 않던가요

이 꼴 저 꼴 다 보고
오랫동안 살아 보니 세상은 살만하던가요
아버지 손잡고 아장아장 걸어
어르신을 뵈러 온 어린 꼬마는
이제 아버지처럼 나이가 들었네요

살면서 참 많이도 고단했을 텐데

봄이면 이리도 고운 꽃을 피우시니
어르신을 뵙고 떠나간 이들이 모여
꽃으로 피어나는 것은 아닌지
저 꽃 속 어딘가에 아버지가 계실 것 같아
올봄도 어르신을 뵈러 왔습니다

하얀 밤

보성에서 지인이 보내준
녹차
우전차라고 귀하다고
맛이 좋다고
그 정성 너무 고마워
눈물이 날 것 같았지
녹차를 받아놓고
언제 마실지 걱정이었어
언제부터인가
몸에 카페인이 조금만 들어가도
밤에 잠을 이루지 못해
좋아하는 커피는
그림의 떡이 된 지 오래
설마 녹차는 괜찮겠지 했는데
설마가 사람을 잡더군
녹차를 마신 그날 밤
정신이 유리처럼 맑아져
까만 밤이 하얀 밤이 되었지

자작

비가 내리는 날이면
빗소리 들으며 창가에 앉아 자작을 한다
현비유인 평산신씨 신위
어머니도 한 잔 받으셔요

술 빚기를 좋아하신 어머니
봄이면 진달래 따다가 연분홍빛 꽃술을 빚고
가을이면 햅쌀로 동동주를 빚어
동네잔치를 하시던 어머니

우주송삼금의 금지에도 술맛이 기가 막힌다고
술 빚기 솜씨를 청하던 동네 아낙들
아쉽게도 딸내미는 일찍 떠나신 어머니 덕분에
술 빚기를 물려받지 못했네요

술지게미 먹고
어머니 품에 안겨 실실 웃으며
잠든 어린 딸이
어머니께 막걸리 한 잔 올립니다

고향의 바다

오랜만에 찾은 고향의 바다
기장군 일광면 동백리 105번지
집 뒤에 월음산이 우뚝 서 있고
집 앞에는 기장의 푸른 바다가
끝없이 펼쳐져 있는 곳

이곳은 나의 요람이 되는 곳이다
우리가 살던 옛집을 찾아 기웃기웃
젊은 부모님과 어린 형제들이 반갑게 손을 흔든다
집 앞 좁은 골목길은 찻길로 변했고
시원한 바다 향이 옛사람들의 안부를 묻는다

오랜만에 찾은 고향의 바다
기장의 바다에 몸을 눕히고 요람 속으로 걸어가 본다

밤새 뱃고동소리 들리고
대낮처럼 환하게 불을 밝힌 멸치잡이 배
어부들의 노랫소리에 맞춰
멸치 떼의 춤사위가 빛나는 밤이 지나고
기장의 바다에 붉은 해가 솟아오른다

남쪽의 봄

아직은 서릿바람이 불지만
어느새 봄은 섬진강 줄기를 타고 왔지
남쪽에서 들리는 봄소식에
마음이 들떠서 잠을 이루지 못했지
기회만 되면 언제든 떠날 준비를 하며
먼 길을 달려 매화를 만나러 갔지
눈 속에 피어나는 설중매
향기에 취하고 꽃에 취하고
근두운을 타는 느낌이 이런 기분일까
화개장터에 들러
도예명장에게 차 한 잔을 얻어 마시고
악양에서도 차 대접을 받았지
남쪽의 봄을 찾아 떠나온 나그네는
섬진강 강가에 몸을 눕히고
밤새 강물이 들려주는 이야기 듣고 있었지

영겁의 시간

한겨울에 찾은 산사
고요는 보이지 않고
스님의 경 읽는 소리와
목탁소리 징소리만 산사를 메운다
스님의 징소리에 맞춰
승무를 추는 여인
정갈하게 차려진 제상 앞에 놓인
액자 속 젊은 청춘
향불이 자신의 몸을 태워
청춘의 넋을 위로할 때
승무가 무르익고
엎드려 통곡하는 한 여인
자식을 떠나보내야 하는
어머니의 한 맺힌
눈물이 강물처럼 산사에 흐른다
아무리 큰 슬픔도
영겁의 시간 동안 계속되지는 않으니
어머니의 눈물을 밟고 떠나는 그대
부디 극락왕생하기를…

가난한 이웃

겨울의 스산한 바람이 불어
쓸쓸하고 황량한 거리에
몸이 불편한 노부부

찬바람을 온몸으로 맞으면 파지를 줍는다
칼국수 한 그릇에 육천 원
하루 종일 일해야 사 먹을 수 있다

손가락에 동상이 걸린 부부는
매서운
겨울바람에 온몸이 얼어간다

우리들의 가난한 이웃은
오늘도 추운 거리에서
밥벌이의 하루를 버겁게 견디고 있다

어머니의 요람

어머니의 요람인
보성강이 섬진강을 만나는 곳
전남 곡성군 죽곡면 용정리
보성강 강가에 서서
어머니의 요람 속으로 들어가 본다
그 옛날
너에게 몸을 던져 미역 감고
다슬기 잡으며 물장구치던
어린 소녀를 기억하느냐고
유유히 흘러가는
보성강 강물에게 물어본다
그 소녀는 나의 어머니인데
그분은 지금 어디에 계시느냐고
어머니의 요람에 발을 담그고
흘러가는 강물에 귀 기울이니
어느덧 해는 지고
거무스레한 땅거미가
보성강 강가에 내려앉는다

다시 태어나러 가는 중

새벽 3시 물 한 컵을 마시며
창가에 서서 어둠을 바라본다
어둠도 나를 바라보고 서 있다

새벽을 열기에는 아직 이른 시간
인적 없는 밤거리에
차 한 대가 어둠 속으로
빠르게 질주해 오더니
주민센터 주차장에 섰다

모아놓은 페트병을 싣고
다시 어둠 속으로 달리는 차
차에 붙은 문구가 눈에 들어왔다

'다시 태어나러 가는 중'

호박벌

호박꽃 속에
얼굴을 박고 꿀을 따는 호박벌
동글한 엉덩이만 보인다

검은 몸에 노란 줄무늬
앙증맞은 호박벌
토실토실한 엉덩이가 너무 귀엽다

얼굴에 꽃가루를 잔뜩 묻히고
뒤뚱뒤뚱 날아가는 호박벌
예쁜 엉덩이가 무거워 보인다

매화꽃이 피던 날

붉은 홍매화가 피던 날
한마디 인사도 없이
농장에서 쓸쓸히 홀로
먼 길 떠나간 오빠
해마다 매화꽃은
흐드러지게 피는데
농장 어디에도 오빠는 없다
오빠가 심어 놓은
농장의 매화나무
올해도 꽃은 피고 지고
가지에 앉아 지저귀는 저 새
혹여
오빠인가 싶어 자꾸만 뒤돌아본다

백일장

오월의 에메랄드빛
하늘이 열리던 날 안양 백일장도 열렸지

인생의 징검다리를 건너
문학이 빛처럼 흐르는 공원에서

미동도 없이 벤치에 엎드려
삶이 빚어놓은 영롱한 보석을
글쓰기라는 금실로 꿰는 황혼의 문학소녀

그 위대하고 아름다운 모습에
감히 숨조차도 쉴 수가 없었지

넷

사랑이 그리우면

너를 위한 시 한 편

깨복쟁이 코찔찔이가
바닷가를 아장아장 걸을 때
너도 거기에 있었구나

기장의 푸른 바다를 베고
파도소리 들으며 잠들 때
너도 거기서 잠들었구나

만나야 할 사람은
반드시 만난다는 것을
나는 왜 잊고 있었을까

고향을 떠나온 지 아득하고
귀밑머리 희어져
곁에 있어도 알아보지 못했네

가문의 망신

마음에 담아둔
은둔 식자를 찾아가
당당하게 말했지
내게 장가오라고
살림도 못 하고
밥도 못 하고
일도 못 하지만
항상 곁에서 외롭지 않게
따뜻하게 지켜주겠다고

어떻게 되었느냐고
말할 것도 없이
3초 만에 까였어
은둔 식자를
너무 쉽게 본거지
내공이 장난이 아니더라고
동생이 실소를 자아내며
가문의 망신이라고
날마다 나를 갈구고 있지

그럼 된 거지

그대를 만나 불행한 날보다
행복한 날이 더 많았지
그럼 된 거지

그대를 만나 우는 날보다
웃는 날이 더 많았지
그럼 된 거지

그대를 만나 슬픈 날보다
기쁜 날이 더 많았지
그럼 된 거지

그대를 만나 사랑하지 않는 날보다
사랑한 날들이 더 많았지
그럼 된 거지

그래도 살만해

어느 날은 기쁘고
어느 날은 슬프기도 해
그래도 살만해

비가 그친 날도 있고
비가 내리는 날도 있어
그래도 살만해

웃는 날도 있고
우는 날도 있어
그래도 살만해

굽이굽이 굽어진 인생길
돌아가다 보면 지칠 때도 있지만
그래도 살만해

당신은

언제나 큰 산처럼 버티고 있어
당신은 무서운 것이 없는 줄 알았습니다

식은 밥 한술에도 배가 부르다고 해서
당신은 정말로 배가 부른 줄 알았습니다

얼음물에 빨래하다 동상에 걸려도
당신은 괜찮은 줄 알았습니다

자식들 뒷바라지에 지쳐 있어도
당신은 힘들지 않은 줄 알았습니다

어머니
당신은 항상 자식 곁에 계시는 줄 알았습니다

관악산

비 개인 오후
층층 구름을 밟고 관악산에 올랐지

녹음이 짙은 산은
버찌가 익어가고
폭포는 구슬치기를 했지

실루엣 같은 운무를 걸친 산이
속살을 드러내자
아름다움에 탄성을 질렀지

바위에 올라 하늘을 이고 서니
어느새 해는 뉘엿뉘엿
일몰의 장엄함에 넋이 나갔지

사랑이 그리우면

사랑이 그리우면
꽃은 피어나고

사랑이 떠나가면
꽃은 지는 거래

그리움이 사무치면
낙엽은 물들고

보고픔이 사무치면
비는 내리는 거래

깊은 산속 옹달샘

대공원 숲속 저수지
깊은 산속 옹달샘
청계산 자락에 숨어 있었지

사람의 발길이 뜸한 곳
바람과 구름이 술래잡기하고
산새들이 멱을 감고 있었지

파란 하늘을 품고 있는
숲속 저수지 둑에는
노란 금계국이 그대처럼 웃고 있더군

잡초

이름 없는 잡초라고
함부로 짓밟지 마시게

이 세상 어디에도 함부로
대해도 되는 인생은 없다네

재개발

좁은 골목길을 따라
어깨를 맞대고
나란히 서서
키 재기하는 집들
재개발 열풍으로
누구는 웃고
누구는 울고
갈 곳 없는 소박한 서민들
골목마다
한숨소리 무겁게 가라앉는다
진보라는 것은
달콤하면서도 참 슬픈 거구나

아픈 사랑

봄날에 피어나는
아지랑이처럼
반짝이는 햇살처럼
고귀한 숨결로
작은 가슴에 그대를 품었습니다

몰래한 사랑이라
환영받지 못하는 것은
당연하지만
그대를 향한
내 사랑은 참 많이도 아픕니다

고립된 영혼

연립주택이 즐비한
낡은 골목길
의자에 앉아 하루 종일
멍 때리는 늙은 청춘
집안에서 꼼짝도 안 하고
게임만 하는 또 다른
고립된 젊은 청춘
그 누구도 말을 걸어
안부를 묻거나
손을 내미는 사람이 없다
젊으면 젊은 대로
늙으면 늙음대로
고립된 영혼은
외롭고 쓸쓸하기는 마찬가지구나

잘못 든 길

세상을 살만큼 살아도
처음은 다 겁나고 두려워
가끔 길 위에서
앞으로 나가지 못하고 서성일 때가 있었다
무엇인지 모를 망설임으로
자꾸만 뒤돌아보게 되거나
잘못 든 길은 아닌지
이 길을 가도 되는 것인지
확신이 들지 않았기 때문에
고뇌의 시간들로 채워지는 길이 있었다
언제부터인가 그런 생각이 없어졌다
물리적인 길이든 마음의 길이든
길이야 잘못 들면
다시 돌아 나오면 그만이란 생각에
길이 보이면 주저 없이 걸어가 보았다
그 길에서 만나는 이들에게 환영받지 못해도
노여움도 아쉬움도 슬픔도 없었다
잘못 든 길이라는 것을 알았을 땐
미련 없이 가볍게 그 길을 뒤돌아왔다

꿈을 사는 사람들

로또매장 앞에
사람들이 줄을 지어 서 있다

손에는 돈을 들고
노인부터 젊은 청춘까지

시간이 지나도 줄은
줄어들지 않고 점점 늘어난다

언제부터 우리는 꿈을 꾸지 않고
돈을 주고 꿈을 사고 있는 걸까

종착역

인생의 기차표를 끊어
자신 있게 기차에 올랐지

기차는 꿈을 싣고
곡선을 그리며 빠르게 달려갔지

역을 하나씩 지나갈 때마다
가족들이 내리기도 하고 타기도 했어

그때마다 기차에는
슬픔도 타고 기쁨도 탔지

그래도 견딜만했어
종착역까지는 좀 더 가야 하거든

염원

고즈넉한 산사에
풍경소리 들리고

나뭇가지에 매달린 연등
하얀 겨울이 내려앉았다

북풍한설에도 얼지 않고
눈 속에 붉게 핀 꽃등

어느 이의 염원일까
그대의 간절함이 이루어지기를…

그 순간

우연히 들린 커피숍에서
오래전 인연이 끊긴
옛 연인의 모습을 보았다

새로운 연인과
정담을 나누고 있는 그는
나를 알아보지 못했다

그 순간 기억은
과거 속으로 나를 데려가
분노와 연민이 잠시 머물다 간다

유쾌하지 않은 편린들은
끈적거리는 풀처럼
기억 속에 말라붙어 있었다

다섯

거리엔 비가 내리고

어느 노모의 텃밭

작은 텃밭에 백발의
어느 노모가 땀을 흘리며 가을을 딴다
열대 포기 안 되는
고추가 탐스럽게 붉게 익었다
노모는 고추를 따서 평상에 널었다
붉은 빛깔이 아름다워 걸음을 잠시 멈춰 섰다

노모의 텃밭에는 오이와 호박도 커간다
백발의 노모는 오이 하나를 따서
오이냉국을 만들어 점심상을 차렸다
기웃대며 사진을 찍는 나에게
들어와서
점심 먹고 가라고 붙잡아 엉거주춤 들어갔다

차려진 밥상에 까치와 참새가 후다닥 다녀간다
잠시 후 고추잠자리와 흰나비도 내려앉는다
백발의 노모는 일상이듯 개의치 않는다
우리는 그렇게 말없이 평상에 앉아
구름 파라솔 밑에서 노모의 텃밭을 보며 점심을 먹었다
간들바람이 살짝살짝 노모 곁에 머물다 간다

비 내리는 운동장

햇살 가득했던 운동장에
아이들 웃음소리 뒤로하고 비가 내린다

모래들은 몸을 바꾸고
흙먼지는 튀어 오른다

바람이 길을 잃고 서 있어
꽃잎이 날아올라 허공에 맴돈다

달빛이 내려앉던 운동장에
내 님의 눈물 같은 비가 내린다

산다는 것

번잡했던 하루의 빗장을 닫고
밤이라는 안식에 지친 영혼을 맡길 때
어둠의 문을 열고 길 떠나는 나그네

밤의 길목에서 만나는
낯선 풍경과 사물들
긴장감에 서늘한 냉기가 등골에 흐른다

산다는 것은
살아간다는 것은
살아내야만 하는 거부할 수 없는 숙명

집을 떠나온 나그네는 길 위에서 서서
길에서 만나는 풀 한 포기, 꽃 한 송이
바람 한 줄기에게도 길을 묻는다

석양

미련 없이 떠나간 썰물이
이야기보따리를 둘러매고 밀려온다

모여든 밀물은
서로의 몸을 부딪치며 재잘댄다

노을에 젖는 바닷가에 서서
수평선 저 끝으로 걸어간 그대의 안부를 묻는다

밀물에 그대의 이야기 묻어 올까봐
석양이 물드는 바닷가를 오랫동안 서성거렸다

손바닥 지문

행복한 병을 앓고 있는 친구의 엄마
어린아이가 되어
간식을 더 먹겠다고 우기고
밥을 금방 먹고도 안 먹었다고 우긴다
아기도 아닌데 변을 싸서 뭉갠다
전에는 집안 가득 꽃향기가 났는데
이젠 꽃향기 대신 구린내가 난다
그녀는 엄마를 강제로 욕실로 끌고 가 거칠게
옷을 벗기고 몸에 묻은 변을 닦아낸다
역겨운 냄새 때문에 구토가 올라온다
안 씻겠다고 몸부림치는 엄마를
강제로 누르고
가만히 있으라고 등짝을 후려친다
제발 꿈이기를 바라지만 꿈은 아니다
그녀를 업어 키우신 엄마의 등짝에
벌겋게 찍힌 손바닥 지문
죄책감에 혀를 깨물어 죽고 싶고
벗어나고 싶지만 벗어날 수가 없다
오늘도 그녀는
엄마의 등짝에 손바닥 지문을 찍었다
동백꽃처럼 붉게 피어나는 지문 위로

아리고도 슬픈 서러움이 뚝뚝 떨어진다

오래 사는 것은 축복일까?

아니면, 저주일까?

그녀는 오늘도
잠자리에 드는 엄마의 손을 잡고 애원한다

　-엄마, 제발 오늘 밤엔 그만 가세요

가을 편지

가을의 맑고 서늘한 바람처럼
우리의 몸과 마음도 맑게 씻어 주소서

귀뚜리와 여치가 울거든
그리운 사람이 생각나게 하소서

외로움에 홀로 우는 이가 않도록
가을엔 우리 모두 사랑하게 하소서

드넓은 들녘의 오곡들이 익어가듯
우리들 내면도 익어가게 하소서

유리처럼 맑은 가을 하늘을 보면
그리운 사람이 보고파지게 하소서

늦기 전에 말해

사랑하면 사랑한다고
보고 싶으면 보고 싶다고
고마우면 고맙다고
좋으면 좋다고
기쁘면 기쁘다고 말해

미안하면 미안하다고
아프면 아프다고
힘들면 힘들다고
싫으면 싫다고
슬프면 슬프다고 말해

말하지 않으면 모르고
다음은 없고
내일이란 더더욱 없으니까
가슴앓이하지 말고
너무 늦기 전에 말해

그대 곁에

새벽에 내리는 이슬처럼
아침에 반짝이는 햇살처럼
그대 곁에 내려앉게 하소서

숲속에 머무는 미풍처럼
풀숲 베고 잠든 들꽃처럼
그대 곁에 머물다 가게 하소서

하늘에 흘러가는 구름처럼
창공을 날아가는 새들처럼
그대 곁에 스쳐 가게 하소서

불멸의 밤

아침에 피었다가
소리 없이 지는 나팔꽃

너도 나처럼 그리움에
불멸의 밤을 보낸 것인가

팔월

팔월의 뜨거운 태양 아래
숨죽여 엎드린 생명들
자연은 숨 고르기를 한다

자란다는 것
익어간다는 것
성숙해지고 단단해진다는 것

팔월은
고통의 계절이고
외로움과 고독을 참아내는 계절이다

태풍

태풍이
폭우를 안고 산을 넘어간다

산천초목은
조용히 엎드려 경의를 표한다

새들도 쏟아지는
폭우 속에서 날개를 접었다

내 가슴속에 흐르는
그대 생각도 잠시 접었다

바람과 구름과 비 그리고 그대

발길 닿는 대로 떠도는
나그넷길에 장대비가 내린다

길에 비가 내리니
길은 금방 강이 되어 범람한다

비는 나그네의 발목을 잡아
꼼짝도 못 하고 길 위에 갇혔다

꽃들은 고개를 숙이고
나그네의 내면도 젖었다

바람과 구름과 비에
그대 생각도 아프게 젖어든다

밤의 고속도로

밤의 고속로는
생동감이 넘치고
잠자던 피가 끓는다

어둠을 가르며
먼 길을 달리는 자동차들
단내 나는 뜨거운 콧김을 뿜어댄다

누구를 위해
무엇을 싣고
어디를 향해 달려가는 걸까

밤의 고속도로에
희미한 여명이 밝아와
검은 그림자를 조금씩 걷어낸다

낯선 곳에서 하룻밤

나그네가 그렇듯
여행 중에
낯선 곳에서 하룻밤을 보냈다

좁은 계곡에
아기자기한 몇 안 되는 집들
마을 앞 논엔 벌써 벼들이 영글어간다

고즈넉한 동네에 밤이 되자
풀벌레소리만 들리고
칠흑 같은 어둠만 머물렀다

새벽이 조금씩 문을 열 때
닭 우는 소리 들리고
마을을 덮고 있던 운무도 짐을 싼다

명옥헌 배롱나무꽃

산새들이 잠에서 깨어나는
새벽의 명옥헌
자욱한 물안개가 연못을 덮고 있다

붉디붉은 꽃잎에
영롱한 이슬이 맺혀
지금 막 목욕을 끝낸 여신처럼 싱그럽다

연못에 닿을 듯 말 듯
팔을 뻗는 배롱나무꽃
그리운 님에게
붉은 꽃잎 편지 수면에 띄워 보낸다

거리엔 비가 내리고

거리엔 비가 내리고
비가 내리니 개구리가 운다
찻집 처마 밑에 앉았다
손님은 나 혼자다
낙숫물이 일정한 울림으로 떨어진다
갑자기 배낭이 무겁다
무엇이 이리도 많이 들어 있어 무거울까?
아무리 무거워도 삶의 고뇌만큼 무거울까?
생각에 생각은 우주를 넘나든다
나는 무거운 배낭을 다시 어깨에 둘러멨다
나그네는 빗속을 걸어 길 위에 섰다
배낭이 다시 가벼워졌다

새벽 들녘

새벽의 들녘에 섰다
들녘은 뿌연 연무가 가득해 앞이 보이지 않는다
온몸이 눅눅하게 젖는다
바람은 고향의 향기를 진하게 풍기며 지나간다
논바닥에 물은 가볍게 찰랑댄다
벼들이 조금씩 옷을 갈아입기 시작했다
영롱한 이슬이 벼 잎에 맺혀 그네를 탄다
이슬 속에 우주가 손을 흔든다
촘촘하게 쳐진 거미줄에
아무것도 걸린 게 없다
녀석은 오늘 조찬은 굶어야 할 것 같다
사마귀는 벼 잎에 앉아
꼼짝도 안 하고 죽은 듯이 먹이를 기다린다
새벽의 들녘은 촉촉하고 감미롭다

여섯

그리움의 벌

남계서원

서원의 배롱나무꽃이 나그네를 맞는다
밤에도 문 닫지 않는 서원
어스름한 저녁노을이 고즈넉한 서원에 내려앉는다

배롱나무꽃이 바람에 몸을 맡기고 흔들린다
얼큰하게 술에 취한 것처럼
홍조 띤 붉은 얼굴이 석양에 비쳐 아름답다

서원에 올라 정여창 선생님을 만났다
그분이 걷던 소나무산책길을 함께 걸었다
진한 향기를 풍기는 개미취도 동행한다

운여해변

운여해변에 바람이 분다
짭짤하고 비릿한 해풍에 솔향도 묻어있다

운여해변에 붉은 노을이 진다
그대의 강렬한 눈빛 같은 노을이 진다

해변에 기대서 사는 작은 생명들
등에는 붉은 노을 한 줌씩 지고 있다

은빛 바다는 벌겋게 물들고
그리움을 품고 바다는 노을에 젖는다

빛을 담는 사람

빛을 담는 그는
인고의 시간을 참고 견딘다

세상의 아름다움을 찾아
먼 길 떠나기를 주저하지 않는다

렌즈에 세상을 가두고
시간도 가두고 바람도 가둔다

나는 가슴으로 세상을 담고
그는 렌즈로 세상을 담는다

슬픔의 강

바람이 지나가다 내게 물었다
이젠 괜찮으냐고
비도 지나가다 내게 물었다
정말 괜찮아진 거냐고

나는 대답하지 못했다
괜찮은 척했을 뿐이지
괜찮지가 않아서…

아직도 가슴을 베인 곳은
상처가 아물지 않아
슬픔의 강이 흐르고
불멸의 밤이 찾아오면 그리움의 배를 띄운다

그리움의 벌

초가을 새벽의 문을 열고
길 떠나는 나그네
기분 좋은 서늘함이
그대의 손길처럼 스쳐 간다

여신의 나신처럼
곡선이 아름다운 선자령
평일이라 산객은 뜸하고
하얀 구절초가
가을의 향기로 나그네를 맞는다

계곡엔 맑은 물이 흐르고
신선들이 미역 감는 선자령
능선을 따라 서 있는 풍차
바다를 사랑한 죄로
그리움의 벌을 받고 서 있다

어머니의 사랑

이름 없는 무덤가에
피어있는
하얀 구절초 한 송이

가을 햇살로
이제 막
세수를 끝내고 배시시 웃는다

어머니의 사랑으로
피어난 구절초
그대가 잠든 무덤가를 지키고 있구나

가을바람

산정에 오르니 바람이 분다
쓸쓸한 가을바람이
심연까지 들어와 냉기를 풍긴다
가을만 되면
평상시엔 잊고 있던
삶의 무게가
왜 그리 무거워지는지…
어깨를 짓누르는 이 무게가
언제쯤이면 가벼워질지
나는 또다시 짐을 싸서
길을 떠날 준비를 한다

가슴에 머물다

가을이 머물고 있는 곳을 찾아
논둑에 서서 코스모스를 가슴에 담았다
논둑 옆에 화원을 손질하던
어느 중년의 남자와 눈이 마주쳐
순간의 어색함을 참지 못해 엷은 미소로 인사를 건넸다
환한 얼굴로 인사를 받던 그는
가을을 주워 담느라 정신이 없는 내게 말을 걸어왔다
어디서 많이 본 것 같다고…
가을을 잠시 세워두고 그의 얼굴에 시선이 꽂힌다
생각은 빛보다 더 빠르게 과거 속으로 달려가
기억 속의 수많은 서랍을 열었다 닫았다
유년의 저 밑바닥을 뒤지니 그는 동창이다
말도 잘 섞지 않았던 유년의 뜰에서
오래전 끊어졌던 인연이
세월을 앞세우고 시절 인연의 길목에서 다시 만났다
그는 자신을 드러내는데 정신이 없었고
나는 그에게 아는 체를 하지 않았다
미소를 남기고 떠나온 길에서
인연이란 무엇인지
스산한 가을바람처럼 오래도록 가슴에 머물다 간다

탱자나무

가을과 함께 찾아간
장수황씨 종택
고택 앞 들녘은 황금물결이 손을 흔든다
길가엔 코스모스가 몸을 흔들며 수줍게 웃고
힘겹게 세월을 이고 있는 고택은
대문을 활짝 열고 나그네를 맞는다
고택 앞뜰에 서 있는 탱자나무
노랗게 익은 탱자가 주렁주렁 매달렸다
탱자나무는 무슨 이야기를 들려주고 싶은 것일까
고택에 들어서니
지나온 세월을 이야기하듯
상큼하고 달콤한 탱자 향이 말을 걸어온다
주인은 떠나가고 없지만
오랜 세월 묵묵히 고택을
혼자 지켜온 탱자나무
사백 년의 무수한 낮과 밤을 홀로 보내면서
떠나간 옛 주인이 그립지는 않았는지
가을 햇살에 탱자가 더욱 샛노랗다

선재길

단풍이 아름다운 선재길
월정사 주차장에 차를 대고
상원사로 올라가는 선재길로 들어섰다
혼자 산속에 들어서니
설렘과 긴장감이 교차하며
약간의 두려움이 머물다 간다
이른 아침이라 산길은
자욱한 운무가 나그네와 동행한다
나뭇잎이 물들어가는
구도자의 길 선재길을 걸으며
영혼을 짓누르는 번뇌를 하나씩 내려놓는다
어느새 선재동자가 가까이 다가와 함께 걷고 있다
고즈넉한 산길에 들리는 것은
물소리와 바람소리, 산새소리뿐이다
나뭇잎들은 빨갛게 물들어가고
가을은 벌써 오대산 깊숙이 걸어오고 있다

그대

오월은 가고 물앵두가 익었다
싱그러운 오월을 밟고 떠난 그대
그대는 지금 어디에 있는가

그 많은 시간 속에
어느 시간 속에 머물러 있는가
그대는 그날의 약속을 잊은 것인가

오늘도 나는
그대를 찾아 꿈속을 헤매고 있는데
그대의 모습은 어디에도 보이지 않네

가을을 품은 여름

데일 것 같은 뜨거운 햇살 아래
가을을 품은 여름은 갈 길이 바쁘다

여름의 노고에
남실바람이 나뭇잎을 흔들며 지나간다

일손을 잠시 멈춤 여름
땀을 훔치며 바람에 몸을 맡긴다

가을은 여름의 품속에서
하루가 다르게 단단하게 영글어간다

가을을 심다

태풍이 지나가고
뙤약볕이 한창인데
농부는 벌써 가을을 심는다

김장배추 모종을
사다가 밭고랑에
늘어놓고 줄을 맞춰 심고 있다

여름 속에 가을은
뿌리를 내리고
여름의 품속에서 가을이 자란다

바람이 우는 밤

바람이 슬피 우는 밤에는
창문을 모두 닫아야 한다

나도 따라 울어버리기 전에

마음의 약

볕이 좋은 봄날
오이 모종을 사 왔다
화분에 퇴비를 넣고
오이 모종을 심었다
아침마다 물을 주고
햇볕도 쬐게 했더니
어느새 줄기가 올라와
화분에 지릿대를 꽂아주니
넝쿨손을 잡고 올라갔다
마음이 번잡할 때마다
오이를 보고 있노라니
번잡한 마음은 사라지고
마음의 약이 되었다

이유

홀로 있어 외롭다고 생각한
어떤 사람이 둘이 되기로 했다지

그런데 어찌 된 일인지
둘이 되어도 홀로 있을 때보다
더 많이 외로웠다고 하더군

이유를 찾지 못한 그는
다시 홀로 있기로 했다지

둘인데도 외롭다면
차라리 홀로 있는 게 낫다고
외로움에 대한 이유는 충분하다고 하더군

만약에

만약에 먼저 떠나간
가족들을 만나게 되면
제일 먼저 무슨 말을 해야 할까

보고 싶었다고…

많이 보고 싶었다고…

일곱

돌덩이

세입자

잘 사용하지 않는 작은 화장실
거미가 주인의 허락도 없이 집을 지었다
누구 허락받고 여기다 집을 짓느냐고
자신의 공간을 나눠줄 생각이 없는
그녀는 거미줄을 한방에 걷어버렸다
거미는 애원했다
이 큰 집에서
고작 작은 구석일 뿐인데
좀 함께 살면 안 되느냐고
그녀는 매몰차게 안 된다고 거절했다
그러자 거미는 다시 애원했다
다달이 월세는 지불하겠다고
의아해하는 여자에게
거미는 간절하게 말했다
하수구에서 나오는 날파리를
날마다 잡아주면 되지 않느냐고
콜!
그녀는 세입자를 받아들였다

선 긋기

연필화 배우러
가는 날
눈처럼 하얀 도화지에
거침없이
슥슥 선을 긋고 또 그었지
내 마음속에
그 누군가를 향해서도
슥슥 선을 긋고 또 그었지
도화지에 그어진 선은
지우개로
지우면 되는데
마음속에 그어진 선은
잘 지워지지가 않는구나

돌덩이

아들이 태어나고
자라서
유치원에 가고
학교에 가고
군대에 가고
이제는 직장인이 되었다
더는
아들 걱정을
하지 않아도 되는데
아직도
가슴에 올려놓은
무거운 돌덩이처럼
나의 영혼을 짓누르고 있는
이유는 무슨 연유일까

인연

바람이 분다
새로운 인연의 바람이
인연이 다가올 때는
미풍처럼 감미롭고
햇살처럼 따사롭게 오고
인연이 떠나갈 때는 태풍처럼 간다
떠나간 인연 뒤에는
또 다른
인연이 찾아와 자리를 채운다
물이 흘러가다 웅덩이를 만나면
잠시 머물다 가고
바위를 만나면 돌아가는 것처럼
인연도 때가 되면 우리 곁에 머물다 간다
바람이 분다
새로운 인연의 바람이
인연은 그 사람 생각에 따라온다
맑은 생각을 하면 맑은 인연이 오고
탁한 생각을 하면 탁한 인연이 온다

동백꽃

님을 향한 그리움에
눈 속에 피어난 동백꽃

붉은 선혈 토해내며
낙화하는 꽃송이

지독한 그 사랑은
죽어서도 눈감지 못하는구나

삶이란

삶의 무게에 짓눌려
숨조차도 쉴 수가 없을 때가 있었어
세상의 모든 시간은 흘러가는데
유독 나의 시간만 멈추어 있었거든
숨이 막혀 질식할 것 같은
삼사일을 물 한 모금 먹지 않고 견디고
가슴이 터질 것 같아
신음소리조차도 내지 못하고 또 견디는데
창밖에서 아이들 웃음소리가 들리더라고
놀이터에서 아이들이 뛰어놀고 있었지
문득 그런 생각이 들었어
아, 더는 이러고 있지 말자
하루를 살더라도 행복하게 살다 가자
행복은 남이 주는 것이 아니고
나 자신이 만들어 가는 거니까
일주일 만에 넘어가지 않은 밥알을 간신히 삼키고
지옥 같은 시간 속을 걸어가 보기로 했어
그 길을 걸어가야 한다면 당당히 가보기로 한 거지
죽음과도 마주했는데 더는 무서울 게 없었거든
길고 긴 캄캄한 터널을 걸어 나오고 알았어
삶이란 자신의 몫인
슬픔이든 고통이든 견뎌내야만 한다는 것을

한 끼의 미학

짙은 어둠이 문밖에 서 있을 때
늦은 저녁을 챙겨
밥 한술을 떠서 내 몸에 비웠지
몸 안으로 들어간 밥
소우주가 되어 벼의 숨소리 들렸지
개구리 울어대는 밤이면
들바람에 몸을 흔드는 벼
천둥번개가 치는 밤이면
깜짝 놀라 몸을 움츠리고
태풍과 비바람에
고개를 숙이는 겸손은 몸에 뱄지
온몸을 갉아먹는
해충에 괴로워 비명을 지르고
병충해로
독한 농약을 먹고 죽은 듯이 잠을 잤지
농부의 따스한 손길에 얼굴을 비비고
뜨거운 여름햇살에 일광욕도 했지
배고픈 새들에게 낟알도 나누어 주고
허수아비 보초 서는 들녘에서
귀뚜리의 사랑의 세레나데를 들으며
별들이 여행하는 밤을 보내고

달이 주기를 바꿀 때
수많은 이야기를 품고
단단해진 몸을 갈무리하는 벼
벼는 쌀이 되고
쌀은 밥이 되어
소중한 내 몸이 되는 한 끼의 미학

달빛

그대의 미소 같은 햇살이
창문으로 걸어가고

은하수 강가에서
별들이 미역 감는 밤

바람이 서 있는 창가로
어느새 달빛이 걸어가고 있구나